井坂洋子詩集

角川春樹事務所

本文イラスト
大塚文香
本文デザイン
アルビレオ

井坂洋子詩集　目次

I

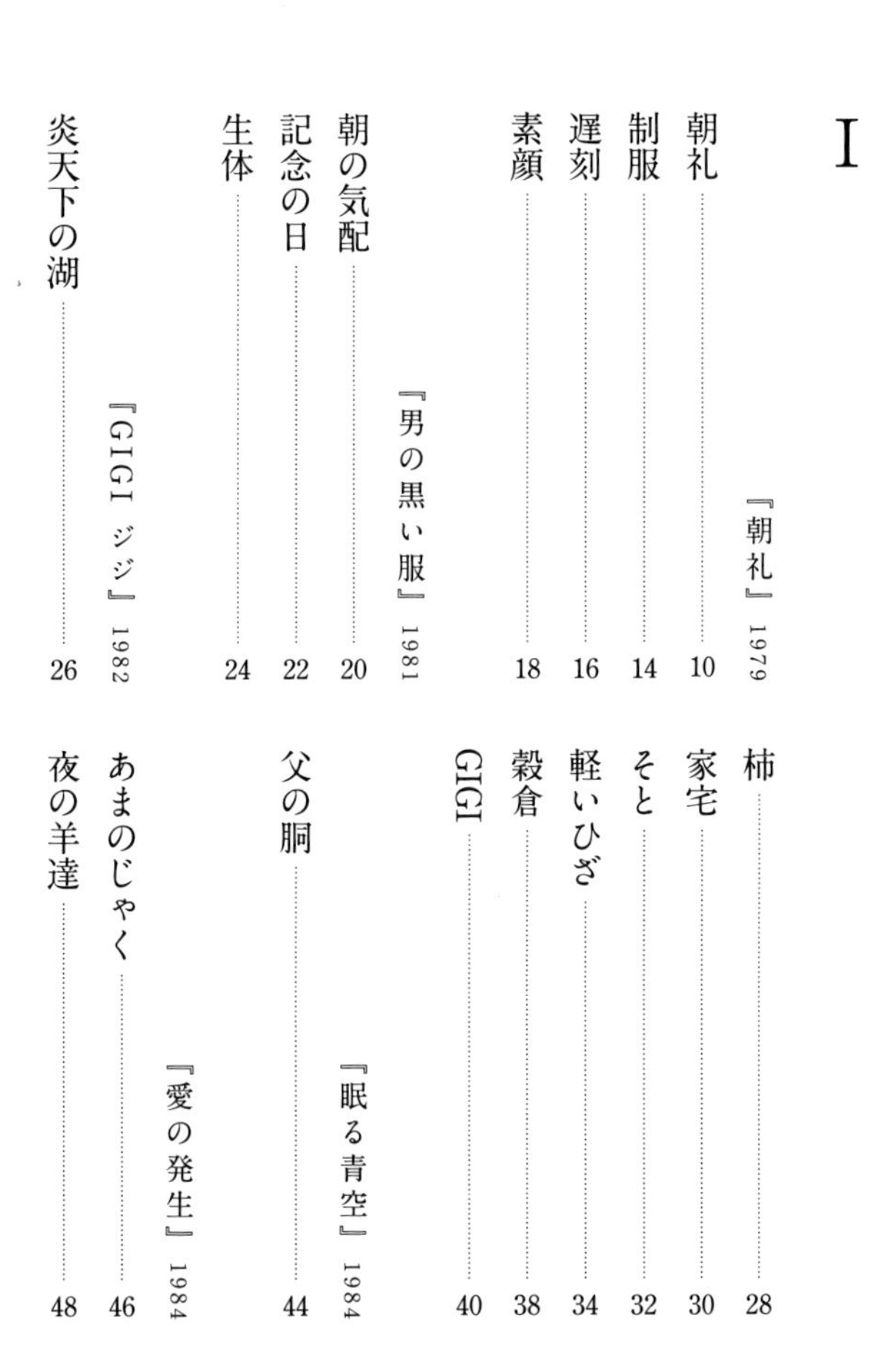

II

III

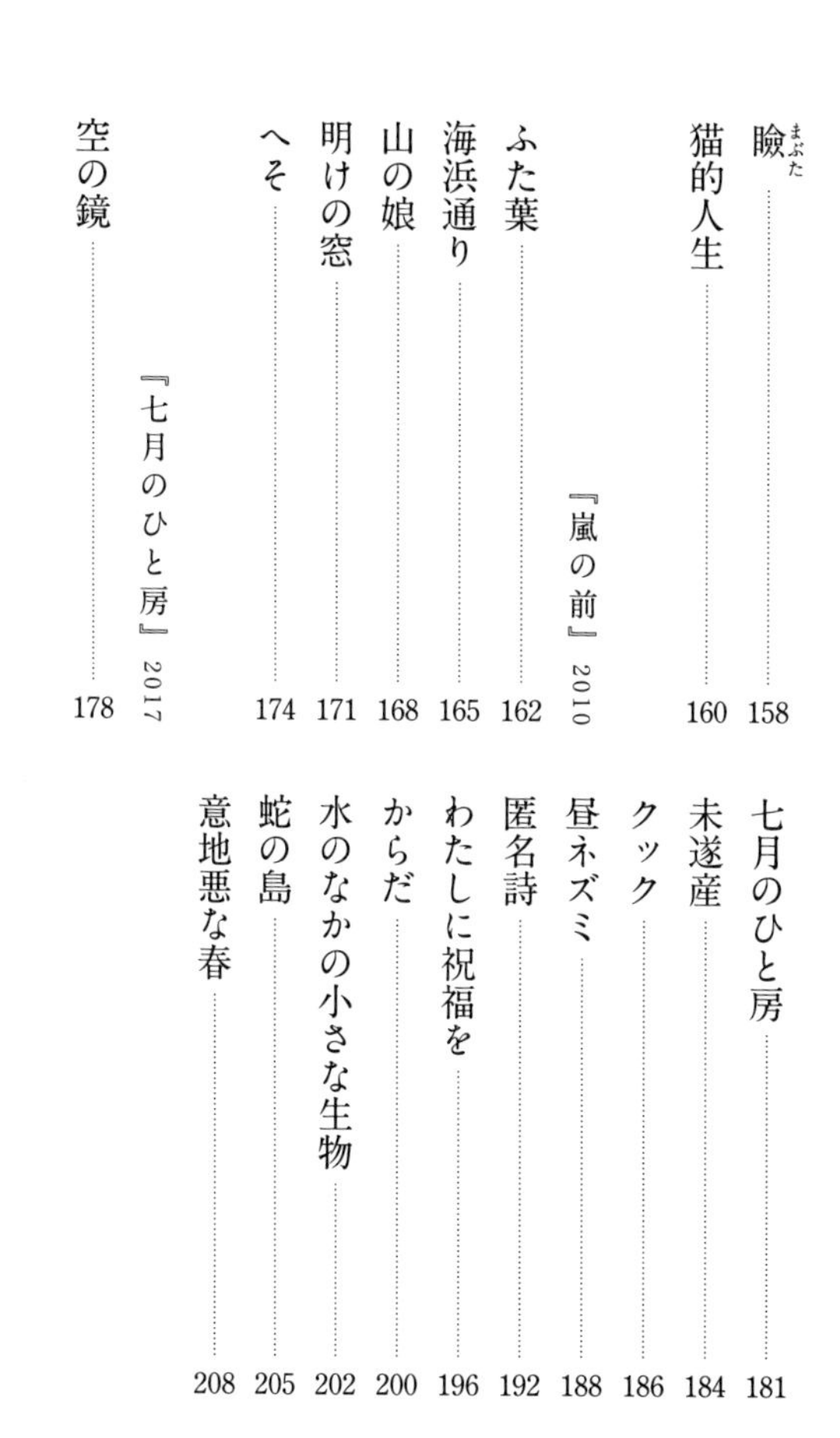

I

朝礼

雨に濡れると
アイロンの匂いがして
湯気のこもるジャンパースカートの
箱襞(はこひだ)に捩(よじ)れた
糸くずも生真面目(きまじめ)に整列する

朝の校庭に
幾筋か
濃紺の川を流す要領で

生白い手足は引き
貧血の唇を閉じたまま

安田さん　まだきてない
中橋さんも

体操が始まって
委員の号令に合わせ
生殖器をつぼめて爪先立つたび
くるぶしにソックスが皺(しわ)寄ってくる
日番が日誌をかかえこむ胸のあたりから
曇天(どんてん)の日射しに
ゆっくり坂をあがってくる
あの人たち

川が乱れ
わずかに上気した皮膚を
濃紺に鎮(しず)めて
暗い廊下を歩いていく
と窓際で迎える柔らかなもの
頰が今もざわめいて
感情がささ波立っている
訳は聞かない
遠くからやってきたのだ

制服

ゆっくり坂をあがる
車体に反射する光をふりきって
車が傍らを過ぎ
スカートの裾が乱される
みしらぬ人と
偶然手が触れあってしまう事故など
しょっ中だから
はじらいにも用心深くなる
制服は皮膚の色を変えることを禁じ
それでどんな少女も
幽霊のように美しい

からだがほぐれていくのをきつく
眼尻（めじり）でこらえながら登校する
休み時間
級友に指摘されるまで
スカートの箱襞の裏に
一筋こびりついた精液も
知覚できない

遅刻

眠りながら
まぶしい初夏の道をずっと
歩いてきたような気がする
汗をぬぐう
しろいハンカチが夢の方へ光り
商店の廂（ひさし）は次々とひらかれ
影を截分（せつぶん）する

鞄（かばん）の重量で
大きく左へ返り身になって
舌先に滲（にじ）む牛乳の味

たった一人だ

時々意識が戻ってくる
後（うしろ）のドアから机までの歩数
教壇の陽炎（かげろう）がゆらぐ内に
すばやく
ノートをとりだして
賑（にぎ）やかな右腕をひいてしまわなければ

道々の野菜は潰され
きれいに舗装された道路の上
自分の名前を
複写するように歩いていく
背後に
炸裂音（さくれつおん）がかぶさってくる

素顔

服のように
簡単に顔をぬげなくて
苦しい

声をかければ楽になるが
瞬間に
逃げてしまうだろう
気持をこらえて
目を中心に
ものすごい速さで混み合う
あなたの表情を

両手で支え
くるしんでいるうちに
呼吸をするように
ふっと
素顔になる

目を閉じる
しきりに何か降ってくる
真昼

『男の黒い服』1981

朝の気配

はじまりのための
動静をさぐるふらつき
中腰で
ストッキングをはく
わたしをぬすみ
鏡は深夜から立ちあがっているが
まだ姿が決まらない

伸びすぎた腕を

手首でしめる腕時計の
文字盤が
はだいろを帯びてくる
夕べの復習をおさめた
鞄の中身も
少しずつ生ぐさくなる時間

ひと朝ごとに
姿を先に立たせて
そのあとをついていく
先々の
風景がはめ絵のようだ

記念の日

食堂前の芝生で
撮影がはじまった
日ざしを呑んで
三月を待つ少女らの頬が
笑顔を釣っている
猫背の教師をかこみ
いちまいの写真におさめるには
過剰な笑顔だ

通信欄には血のうすい文字が残る
いずれ小さな頭が正面を向いて

並ぶのだろうが
相似形のほどかれる手前
くるしい線が見えてこない
灰の空に粒子が
粗く飛びかう写真には
ひとりの
肩へまわした腕が脱落する

花壇の葉牡丹(はぼたん)が
ゆるゆると中心をひらき、寝そべっている
明るみを増すその色の
縁(ふち)に
上体を積みあげて
ギロチンのようにいっせいに
首を前へ伸ばす

生体

至近距離で
顔を見
見るだけで声にはならず
気持がつたわったような気になって
別れた
（あなたは怒ると笑うような表情になる）
あまり近くで見詰めていたので
視界の修整がきかない
駅の階段を
背中だけの人が大量に降りていく
みんな上手に低くなって

地下鉄に乗りこみ
先をきそって
目を閉じる

轟音(ごうおん)が怒りを敷いていくようで
疲れたからだが鳴っている
車窓には首のない生体が揺れる
（一度でも思いだしておかなければ
二度と思いだせないことばかりだ）
駅名を告げられる前に
獣のように膨脹(ぼうちょう)した頭をゆり起こす
それから
弾力を求めて
人の波にぶつかっていく

『GIGI　ジジ』1982

炎天下の湖

炎天下
湖から蒸気がたちのぼる
そんな風に
人とは親しくなる
大泉(おおいずみ)学園、保谷(ほうや)、ひばりヶ丘と
左右のキャベツ畑を見ながら
近づいていくが
昼の、がら空(あ)きの列車は
速度もおそく

話をしながら
皆、思い思いの場所で
微風に吹かれている
記憶は下げ髪のようにゆるやかにほどかれ
なかほどまでせり出した遊覧塔から
手を振って
動かない湖の絵葉書を買う

柿

イカサマのあごがはずれた
夕暮れが淋しい
自分が居なくなるから
夕暮れが淋しい
と、同年の友人に訴えた
そのひとを今では嫌いである
嫌いだが
無理をして飛びあがり
隣りの垣根をのぞくことぐらいは
しょっ中やっている
こっちの夕暮れは柿からはじまり

あっちに実を落とした
あっちの頑固な実は
夕暮れに浮かんでいる

家宅

電話が通じ
あたらしい表札もかけたが
誰を呼び寄せる気持だったのか
訪(と)う人がない家は
体温計のように
新聞が深くささる
位置の決まらない道具類は
入口近くに積んでおく
そこを飛びこして部屋へ入り
脇へよけて　座り
ダンボールの上に茶わんや湯呑みを並べ

空（から）になったひとつを与えると
こどもは喜んで中へもぐった

商店の前の
五十円で動く幼児用の乗物
ペンキで書いた兎やくまに
ビニールが被（かぶ）せてある
ひとつだけあいた乗物に
率先して
母親がこどもを片手で抱きかかえ
鋳型（いがた）の中へ　ひょいと投げる
安っぽい音をたてて上下する
その音の退屈の方へ
見たくもないのにねじふせられる気が
いつも、する

そと

昼の、嵐
風と雨の強くなってきた戸外の様子からは
信じられないほど
硝子戸(ガラスど)は明るい
中空の大気がせめぎあい
樹木は感情になぶられて素裸(すはだか)になり
傘の梁(はり)も折れそうだ
そのとき
店のボーイは菓子のにおいにつつまれ
睡(ねむ)りから覚めた目を
戸外に向ける

体躯（たいく）をそびやかしながら何本か立つ
人柱の間を
安心に見守られて外へ出た人が
足もとからの突風に
射すくめられた
昼の嵐、
乱闘のさかり

軽いひざ

窓硝子(まどガラス)に顔をつける
地下鉄の車内に
新聞の戸をたてて
侵入を防ぐ黄色い片手がいくつか
すり減ったひざの上にのびている
そこに載せる
夕食時のこどもの尻は柔らかく
しだいに重みを増していくだろう
私は脂のついた
扉近くの銀の棒に
からだをもたせかけている

座席の
ジャンパーをはおった若い男が
母親のような年ごろの女と
手話ではなしている
相手の顔をじっと見ながら
発情の錐（きり）をもむように
苛々（いらいら）と軽いひざを揺すっていたが
硝子のなかで
こちらを向いた
告げるべき言葉を持たない
戸が開けば
トンネルになった道を
てんでんにくぐっていく

窓硝子に顔をつける
更紗(さらさ)の布がひとつづき
順々に風をはらむ
図書館の窓際でその一頁(ページ)
プールの水面では二頁と
光をたたんでいったことを
思い起こす

穀倉

夢のつづきがみたかったが
これはむりだ
地を這(は)い
高い天窓をみあげ
ほうれん草の葉が縮んで落ちている床に
小麦袋をひきずって
積みあげる
仕事には果てというものがない
世界の隅からめくれていき
秘所をあかさない
借りものの作業衣を身につけ

レンガの壁面に突きあたる
それがずっと重なっていって
天窓へとつづく
採光が不足しているのに
なかはビニールハウスのように
光が目の前で交叉（こうさ）し
さえぎるようにして立っている
私は祈りとは無縁の人間だが
水にはなれると思う
水になって　地下で
つながることもできると思う

GIGI

あなたにしてあげられることは全部
私がする
あなたが瀕死（ひんし）の床にいてさえ
私は手を伸ばせばいいのだから
遠くであなたのために祈る
あの華奢（きゃしゃ）な指を思いだすこともない
荒蕪地（こうぶち）に
制札（せいさつ）をたくさん立て
それが燃え尽きる段になってやっと
ぬかるみに気付く
あなたの素足をもってしても

秘密は隠されたまま
美しい女のひとが何人か
岩石になり
月の満ち欠けによって
あらわれたりあらわれなかったり
皮が破れ肉がみえ血が滲(にじ)んだ果てに
懐しく思うのだろう
いつだったか干潮で
名を呼ばれ駆け寄っていくと
雲と月の色の溶けている一点から
照らしだされたあなたの
腰から下が心細く
襟もとからたちのぼる
汗のにおいもたよりなく
死ぬなら引力の法則にしたがって

こう、バタンと死にたいね
とおどけていたが、
かなしいかな
誰彼となく電話をかけようとし
指よりもわずかに冷たい硬貨を
まさぐっていたが、
年月が凍りつき
つよい感情だけが残り
ペニスの先に枯れ葦(あし)まで挟んで
救急病院の大部屋にかつぎこまれ
肋(あばら)をみせている
ただの沼
沼に目が二つ落ちている
私はあなたへと白く光を発し
溺れていくのを見守っている

身をのせて
しずめてあげることもできる

ジジ――犬の名。『テネシー・ウィリアムズ回想録』（鳴海四郎訳）より

『眠る青空』1984

父の胴

父が庭で
新聞紙をたきつけにし
炎をブリキ罐（かん）で囲みながら
焼ききれぬ
おぼろげな顔など脂汗を出して燃えるのを
金属の棍棒（こんぼう）でかきまわす
二階の手すりから見ると
白髪から煙がもれている
夏草がわずかな地理をひろげ

樹木の濃い緑が覆いかぶさり
太陽が直射に
おまえだ　と名ざされる
どこかでひどく弱る
荷は渾身(こんしん)の力で積みあげられ
正午
罐の底を灰にして
父が水を飲んでいる

『愛の発生』1984

あまのじゃく

うまれたばかりのこどもと身を投げたという
火の川は埋めたてられ
寺の改築は完了して
手入れのゆきとどいた垣根につんつんと
葉先が爪をたてる
背伸びして部屋を覗(のぞ)くと
魔よけの札(ふだ)のなかから
昼飯がすんだら遊びにこい
とおよび腰になるので

時間まで、
時間まで、
といい捨てて帰ってきた
乳房の下がたるんで
二重に弧を描いた観音に
供えた線香のけむりが
渦を巻き
しんとした裏の庭で
こどもがひとり　遊んでいる
目もさめる錦の衣をはおり
うつむいたケロイドの横顔に
日が照りはえている

夜の羊達

さよなら　とさけんだ時は
君はもう眠るように見知らぬ時へ
腕いっぱいの羊達と
よりそいささめきながら
歩いていって
私は昨日の土地へ
みすてられているのだ
〃さよなら〃
ともう一回さけんで
もう一回君の生あたたかい息が
戻ってくれたら　と

たくさんの暗い陰といっしょに
おもみが肩にあざをつくって
どんどん流されてゆくのに
それでも
恨めしく振り返ってみるのだ

声

過度に
音楽をあびたあとは
麻痺(まひ)した耳を休めたい
インコの声が肩のあたりで
まだいきているの
と鳴く

あなたの怒声が聞こえ
深夜　だれかにささやかれる
私は雨によみがえった芝の色を
灰が動くようにして見ている

むかし誤って殺したインコのお墓は
とっくに霊がぬけ出て
それを見ることも
墓を想像することもむなしくなっている
内と外を仕切る
戸をぼんやりと思い描き
小学生の私を立たせてみる
耳にはまだ
陶酔の残滓（ざんし）はない

黄色い羽根をもち赤目の　それが
二十数年の沈黙ののち
乾いた土をかぶり
私の肩のあたりで
まだいきているの、と鳴く

『バイオリン族』1987

道

朝起きて
いちばん最初にしたことも覚えていない
めざめ間際の夢で
たしか誰かとしゃべった
中学のときの友達が
当時の体つきで
私に
ここにいて、と言ったのだったか
そんなようなこと

何でも
はっきりしないまま
私は出てきてしまった
舗道に影ができている
向かいの校庭では
こどもたちが
でたらめに駆け回っている
いつ行っても同じくらいの小さな背丈が
金網ごしに
見える

夜の唇

目をそむけさえすればいいのだ
と教えられてきた
前むきの嘘をつきながら
あなたの前に立ち
影のようなあなたの首すじに
せめてありったけの唇をあて
得たものは何だったのだろう
陽がおちてきて
昼の知覚をたたみこみ
時のながれを止めて　あなたの
袋の中に帰っていく

マチをひとまわりして
藻のような哀しみをひらひらさせ
帰ってくる道はとっぷり暮れていた
すでに起こってしまった事態と
これから起こる出来事とが
水銀灯に照らしだされた
コンクリートのへいの蔦（つた）のように
両側ともびっしり繁（しげ）っていた

処置

月経はお祭り
ひと月ごとに「表」と「裏」がある
座ブトンを敷いて
待っていると
おりてくる赤いしるしが
色水のようでもあり
ひだ　まで愛らしく思える
障子をしめきり
いらっしゃいませ　と
お辞儀をして
たった一日の　快楽もなかったあの

事がいまや
恐れもなくなってきていること　など
話しながら
十八年めの
青竹のように伸ばした
下肢の間
みこしの影がにぎやかに行き過ぎる

時の怪（かい）

あれから
一気に年をとってしまいました
という人の顔をまえにして
なぐさめに
私も
というように笑い皺（じわ）をつくって
目の前の男たちは
再会を喜びあっている
五十代か六十代か
に見えるが
話がとぎれると

プイと横を向き
鼻先を店内の音楽がしたたり落ちる
私はときどき
道端で
五、六歳の男たちが　しかつめらしい
角ばった顔をつきだして
幼児らしく
ふらふらと並んで歩いているのを見て
滑稽に思うことがある

『マーマレード・デイズ』1990

ミツバチの午後

恋人に会いにいくときは
緑樹の濃い反射がほしい
幾重にも層をつくる
日射しのプールの水面下
顔をあげると
ミツバチの唸(うな)りが耳もとをかすめる
肉体(からだ)は見境もなく
ほほえもうとするので

歩調をはやめ
輪郭のなかに肉体(からだ)を
おし込む
向かいの林は
だんだら模様の陽光のせいで汗ばみ
つりさがったハンモックから
蜜がたれている

どこかで輪郭がくずれたのだ
やわらかいところを出して
注入を受けている
双(ふた)つの丘の
その中腹だろうか
ミツバチが無数の巣穴をあけているのは

くもの頭脳

少年の目は
ひんやりしたホコラのようだった
人のことばが
頭脳に溶けていかないのだ
土ぐもをとろうよ、
と少女はよそのうちの縁側から
はだしでおりたったが
彼がついてくるはずもない
立木の湿った根もとで
破れやすい袋をつまみあげる
際限もなく

巣をつくろうとする生きものが
底で　手足を縮め　じっとしていた
おい、
というおとなの声がし
振り返ると縁側に背の高い男がいて
そとであそべ、
と少年を突き落とした
彼はそれっきり動かない
顔ごと泥に伏して
起こしてくれる誰かがやって来ないよう
泣き声もあげなかった
土の中のように
絶望はあったかいのだろうか
その夜
少女は彼を抱きしめる夢をみた

ひんやりしたホコラに一人で入っていき
欲望の発火をさがした
土ぼこりが降ってきて
奥は
形のない堆積（たいせき）がうごめき
泣き声の周期をもった機械音が
うわぁん　うわぁん　と反響し
耳をおさえて走った
光の射してくる少年のふたつの目の窓の
うすい幕に
そとの影絵が波うって映っていた

粉雪

ポケットから手をだして歩きなさい
転んだらあぶないから
と小学生のときに言われて以来
忠実に守っている
深い空の
ほころびから
菓子くずみたいに粉雪がこぼれはじめ
マフラーやコートに
ふりかかる日
私はコツコツと　靴音を友にしながら
ポケットに手を入れて歩く

だれに注意を受けたのかはもう忘れた
先生らしき人からの
小さいときの教えを
指の間に握りしめて
私はポケットに手を入れて歩く

傷の色

長い間
あなたの目をみることは恐かった
私はウソをついている気にさせられ
私は醜いのかもしれないと思い
眉を剃（そ）ってこなかったのまで気に病んだ
あなたは役割として
そこに居たまでで
ほんとうは透き通っていたのかもしれない
少年のようだ
老人のようだ
都市の円型ドームには

大勢の人たちが飼われ
誰かが誰かにささやき
誰かが誰かに支えられ
義足の足を踏み出す
しゅろの葉陰から
傷ついた子の手を握り
医院への白い道を行く女の人の背が見える
あなたへと向き直って
私は自分が長い間
あなたの目をみることができなかったこと
恋かもしれぬ　ことを
打ち明けた

展望台にて

城下をみおろす
疲れた女王の目を借りて
双眼鏡で
ターミナルやめぬき通りを眺める
目鼻立ちもわからない人たちが
あるいはたむろし
あるいは一定の方向に流れていくが
それぞれが
思いを隈(くま)どるように
別個の肉体をもつのがみえてくる
広場のベンチにもたれ

本を読んでいる者と
その前を行きすぎる者との
時間はついにつながらず
そのへだたりは
天体の運行にも似ている
人は太陽をめぐる惑星のように
同じ何かを中心にして
円周上を動いているだけなのかもしれない
それが何かわからなくて
あんなに孤独にみえるのかもしれない

彼女自身

冬の朝は戦闘機こそふさわしい
さみだれた
おそろしい色をしている
身のまわりの備品をあつめ
出発するときのこころに似て

彼女は
出掛けにストッキングを破いた
コインを床にばらまいた
かびんの花を倒した
靴のまま

机の上の鍵をとりに戻った
彼女はまだ世界と和解したくない
気の許せぬうちに
すばやくなし遂げてしまいたいのだ

ともだちはいないので脇は唾(つば)して通り
溜息(ためいき)からさめたばかりの頭で
時間をはじきながら
美しい人たちの
にこやかな会釈を追い越していく

時の花

満月が
屋根瓦の腹面に応えている
電話口の向こうで
あなたは泣いているのか
像も結べない
生きていることの大半は
肉体のうちあけ話に占められて
無自覚な故に
においのない
時の花でいたりする
時々受話器を握りしめ

あなたの声を
たしかめようとするが
あちらの月は
闇の破れめのように
光も洩れぬらしい
頭髪ばかり果てしなく伸ばし
あなたは笑っていたのか

黒いくちびる

定刻どおりにその角をまがり
大勢のなかのひとりとなって
靴音をたてている
足もとにキスするように秋風が吹き渡り
誘われれば
波状にめぐらされた電波ほどにも
高く
うねってもみせよう　が
ビル街は荒野の
まっすぐな日射しを散乱させ
窓々はめしいた眼

底の方でいたみのように白光る
黒い血のまじった色のくちびるを
きつく結び
戦士になるために
細い骨を隠している
よくコントロールされた指で
切りぬかれた空にキーを打ちつづけ
何も感じない、
と心は正確に感じとる

立像の腕

腕時計の仕事は
脈搏（みゃくはく）の代わりとなること
日がかげり
移ろう間
それは手首からはずされていたが
あなたは時間をとりもどす
心は様変わりしやすいので
夜の一本の電話でも
ゆだねれば甘い
あなたは安堵（あんど）に愛され
失意にすら

愛されることができるかもしれない
心がながれだささぬよう
あなたは
オフィスの蛍光のもと
立像のように腕を垂らしている
深夜の腕時計の仕事は
ときめきの代わりとなること
大時計の文字盤の中で眠る恋人たちの
屋根を見下ろし
ときめきが刻む音に耐えること

『地に堕ちれば済む』1991

鐘

月が赤い
いけないことをしたあとのように
空までらくになっている

やがて新月の闇が暴力を芽ぶく
塔の帝王が椅子の足を切りはじめる

私はコップ一杯の水でも狂う

月の引力にひかれる
洋上の水が引きはじめる

鐘が鳴って月が隠れる

いちぶの緊張がほぐれる
私は修正される
塔の脳下垂体が光を感じる

甲虫（こうちゅう）

眠気を誘う偵察機の爆音が近づいてくる。われわれはみな、白っぽい大きな図体（ずうたい）をして葉の裏にしがみつく。

いくどやってきたとしても同じこと、雑草（あらくさ）の葉の裏にぶらさがって、茎に頬ずりしている間は、しあわせなことに目も耳も退化して痛むところのない体を与えられたことを天に感謝すらしているのだ。

爆音が去り、足の裏に風がゆきすぎるのを感じると、不安になってあたりを見回すが、みなそれはもう持ち前の穏やかさで顔色ひとつ変えず、明日の天気の占いなどしはじめている。つの突きあわせて大のおとなが何を考えているのかと言いたいくらい安逸と怠惰に身をまかせ、光の射す角度や隣りの茎との距離を大雑把にみつくろい、空想にふけるのにもっとも適当な場をはじきだして、ガサガサと移動する。

するともう眠くなってくるのだ。半睡のまま、光と影とのあわいに腰をひくつかせて、それぞれがこう考えている。「最近はあれこれ想像するだけで半日楽しめるといった人種が増えつつあるらしい。それというのも危険な運命をまぬがれて、半病人が苦い薬を喜んで飲むような具合に、人なみに苦楽を経(へ)、とりあえず人生の大半を生きたと思っているからだ。人が旅からとって返しているのに、自分はその間、ずっと眠っていた。まだ、半分、四分の一、八分の一も生きてやしない」

そしてある日誰かが、苛々(いらいら)とつぎの旅の仕度をはじめる。

日がかげり、茎の影とがわかちがたく同色に染められた時分になって、「さあ、はじめよう」と言うのである。なぜ白っぽい大きな図体のままで葉の裏にしがみつき、やりすごしている自分ではいられないのか。のりおくれたくない者はみな、いや、のりおくれることが好きな連中まで渋りながら身をひきしめて、獰猛(どうもう)な猛々(たけだけ)しい口つきになっていく。

高潮の子ら　Ⅱ

私たちは洋上にいた。櫓のこぎかたも知らず釣り舟にのっていた。つれの少女は棒状のもので海に搔き傷をつくろうと奮闘し、思いだしたように臨月のおなかを撫でさすっている。昔、ヒトがいのちをたぎらせてから放心した場所に、代わって胎児が隙のない眠りを貪り、今ではそれだけが彼女の持ちものである。

誰が私たちのことなど顧るだろう。少女は錆びた両足をひらき、昇りつめる手筈がすべて整ったとばかりに、呻きながら子をつぎつぎと産み落とし、へその緒をかみきっていく。血塗られた子らの体を、海水で洗ってやる間に満月は子午線をよこぎり、海面体は大きな腹を突きだして、私たちの舟は頂きに押し上げられぐらぐらしながらも凍てつき返っている。どの子から抱いて暖めようか。少しでも肌身から離すと冷えきってしまい、二度と息しない。少女はいまだこちらに錆びた両足をひろげている。

一番めをアと名づけ、二番めをイと名づけ、あとは母音順に両腕にかかえ、かかえきれぬ子はひざ頭(がしら)の上にのせているが、少女は早くも五人めを産む気配である。

いきものはいきもののぬくみを引き寄せ、背負い背負われるものの影の中から子らが弱々しく泣く。漂っていても旅ではなく、約束の時間がすぎても花束は届かない。時おり雨が海面を打つことがあって、水煙(みずけむり)のたつその釣り舟の中で妙に黒ずんだ子らをかかえ、長いおえつを夢にまで引きずり込み私たちは産褥(さんじょく)の闇にくるしむのだった。

ぼたん

現実というのは、言葉ほどは整然としていない。たとえば、舗道ひとつとってても、その表面の凸凹とか、端からひしゃげた雑草がはえていたり、ガソリンがこぼれ落ちたのか黒ずんでいる部分があったり、わけもわからない吐瀉物がこびりついていたり、よく見れば見るほど、とりとめもなく汚れ、汚れているという言葉では言いあらわせぬ蓄積された年月を感じさせられる。

いや、これでさえもたまたまイメージした舗道であり、現実の道路は種々雑多。区画ごとに描写しきれぬ様相を呈し、それらが結局はひとつらなりにつながっている意義深さを考えると、舗道という言葉はなんと便宜的な、当座まにあわせのものだろう。

どんなに意を尽くそうが、あのとりとめのなさに匹敵しうるものではない。

私には言葉や映像ですら再現不可能な現実のとりとめのなさが救いに思える。

名づけられず、掬（すく）いきれず、尽きせぬから、たとえ私の脳が壊れて言葉を失っても、安心して舗道を歩いていられる気がするのだ。

＊

午後の間のびした日射しの中で、うたた寝をする。いろんな夢をみたが、さいごにみたものだけ覚えている。生家のある町の通りで、私はソバ殻を買って帰ってくる。

家には、私が学生だった頃のまだ若い母がいて、ひざの上に、昔飼っていた〝ぼたん〟という名の三毛猫をかかえている。脇腹にチャックがついていて、魚の浮袋のようなその中にソバ殻が詰められるのである。

私はわし摑（づか）みにしたソバ殻を、入れていく。

来客の予定があって、猫の枕をつくっているらしい。〝ぼたん〟は、はんなりとした風情（ふぜい）で寝そべり、顔だけあげて、自分の腹で行われている作業を見守っている。

「それじゃ多いんじゃない？　〝ぼたん〟だって重いでしょうに」

「こんなもんかしら」

そう言う母の肩越しに、いつの間にか妹や、遊びにやってきた妹の友だちの顔が見える。のぞき込んでいる。彼女らはなんにでも好奇心を示す。猫の枕なら尚更だ。しかし、夢の場では、猫の枕が異様だったり、特別なことだったりとは思えない。

母も私も、生体を傷つけまいとする意識が働いていて、猫の腹の上にこちらの頭をのせ、詰め物の加減を量ってみようとはしない。

〝ぼたん〟は起きあがり、母のひざの上から、気の向く所へ歩いていく。もともと腹のあたりが白く長い毛で被われているので、ソバ殻のふくらみはめだたない。

「あの子、茶室まで行って、ちんと座って空なんか見て帰ってくるんだから」

母は〝ぼたん〟の品のよさを気に入っているのだが、ちょっとからかい気味に含み笑いをする。

「うちに茶室なんかあったっけ」

「いやあねぇ、ほら、四、五軒先にあるじゃない」

　そう言われると、自分の家の前の通りが、広い廊下のように思われてくる。隣家や、そのまた隣りの家という観念は消えて、ワンブロックすべて、ひとつづきの我が家に思える。それは、かつての、〝ぼたん〟の行動半径だった。〝ぼたん〟のテリトリー感覚が、夢の中にまで影響を及ぼしたらしい。

　私は、茶室に座って黒板べいを眺めている〝ぼたん〟、通りをゆうゆうと歩いている〝ぼたん〟を想像する。夢の中でも、現実と同じように、人から話を聞きつつイメージを思い描く操作をしているのだ。そして今度は、思い描いたイメージの中へ自分が入っていって、また新しい夢が展開していくのだろう。

　起きてから、そんなへんなことに考えがいく。若い頃の母の姿や、腸癌で死んだ〝ぼたん〟のことは、薄墨色のまま葬る。

〝ぼたん〟の歩み去った道だけ、かすかな発色が残る。

正月の灰

七歳
藍色の陶器の火鉢に
もたれかかって
なまぬるい灰をかき回していた

神棚からずっと張り渡された板の上の
だるまが
目玉を並べ
大人たちの頭上にあった

屋敷は大通りのようで

大人たちはあんなに楽しそうに
「用事が済んでからね」
と行き交っていたのに

だるまは消え
天井裏のクマネズミの
よろずの神のような足踏みも消えた

あやふやな縁側の光ばかり
棍棒（こんぼう）のごとき手ごたえで
今もめぐってくるのはどうしてだ

つめたい陶器のなかの
灰が死ぬ
私は柱の陰から

長い腕をひっぱる

「用事が済んでからね」

『地上がまんべんなく明るんで』1994

発芽

十四歳の冬の朝
雨戸をあけると
光と綿ぼこりの積まれた
学習机の上に
あらゆるイメージが死んでいた
出来事はすでに片付けられ
時間が乾拭き(からぶき)にやってくるのを
待つだけ

学校は蛇のようで
制服に呑まれ
手にはその日ごとに買う電車の切符
ビーナスが林間をさまようとも
裳裾(もすそ)をひきずり
隣りに座り直そうとも
私には垂れた腕ばかりの自分しか
確かめられない
夢で　時々
誰かをひどくののしって目が覚めた
（なんとつまらないことを）
とは思わなかった
ただ　満たされた幸福な気持がして
身を起こしてぼんやりした
激しいものが出口を探している

それがなぜ
ニクシミの激しさでしかないのか

十四歳の冬の朝
光と綿ぼこりの積まれた
学習机の上で
私は冬の初めてのにおいをかぎ
イメージの鉄格子から
つばを吐き捨てる人を見た

花の事故

海は海であることに倦(う)んでいないか
花のようなものでも
鋼鉄の花弁のふちが
さびていく一瞬がある
ひらいていた退屈な時間を輝かせて

初夏の午(ひる)過ぎ　人気(ひとけ)ない
　岨(そば)づたいの難所から
　　タンクローリー車が藍色の海へ
　　　落ちていく　その点景を
　　　　表面はさざ波立つ膨大な水の中から

眺める者もなく
　運命の糸が断ち切られ
　　あんなにもやすやすとしがらみを越えて
　　　赴(ゆ)くタンクローリーに
　　　　さしのべる手
　　　　　ほどこしの手は
役たたずの無数の絹糸
表から裏へと透けるイノチなき初夏の光ばかり

あらし

木々との婚約時代もすぎた
風雨（ふうう）が細枝（ほそえだ）をちぎり
震動が木を降りるが
間断なしに
走査線は運ばれてくる
テレビ電波が脳髄に侵入し
たぷたぷ揺れ　腹をくだっていく
便座で尻の輪をつける　一家族のしるしが
うすれる時刻にまた帰ってくれば
異形（いぎょう）の者になっていても
気づかれないか

地殻を両足で踏んで
震動がのぼってくる快さに歩く
ざんばらの風を私流にうけ
港まで来てみるが
なにも考えられない
メサイヤコーラスのない貧しさだ
店に入り
蒸したアサリを
食欲のせいではなく口に入れる
燭台のあかりが床におちるあたりに
店の番犬がすわっている
組立自転車も一台　あがりかまちの暗がりで
きちんと身を折って

犬と　荒れた海を見たいと思う
断末のくるしみと向き合うときの従順さで
ふだんは狭い庭を一周し
文句を言わず
バッタの脚（あし）など夢中で噛（か）んでいるだろうが
倦（う）まないお前と
地のおくるみの中で
息ひそめて降臨を待つ間
あらしは通りすぎるだろう
埠頭の鳥たちが違った空気の層からうまれ
攪乱（かくらん）し
朝日に吸収されていくとき
一回だけつよく
ギャーと啼（な）く声をいっしょに聞くのだ

カッター

おにいちゃんが昨日訪ねてきた。はじめ正が帰って来たのかと思って、ドアのほうを振り返らずに、テレビを見ていたら、横にジーンズの足が黙って立っていたのだ。びっくりしてしまった。急にこわくなった。

「いないよ、誰も」

と言ってから、シマッタと思った。ワンルームだけだし、そんなこと、見ればわかる。まるでおかあさんを殺りにきたおにいちゃんの見張りのような言い方じゃないか。おにいちゃんは、でも、もう本気ではないだろう。正とわたしとおかあさんは、おにいちゃんがおかしくなってから、家の近くのこのマンションに移ってきた。おかあさんは生活費を稼ぐために働き始めた。だから、夜にならなければ帰ってこない。そのことをおにいちゃんは知らない。

「正は?」

おにいちゃんは、つっ立ったまま低い声を出した。わたしはこたつで背をまるめる。遠い顔を見あげられない。

おにいちゃんはわたしのむかしのバービー人形まで首をひっこぬいてトイレに流そうとしたのだ。その前に答案とかスナップ写真とか細かにちぎったやつを流していて、でも人形は紙のようには流れなかった。トイレの水があふれて、ばれて、おにいちゃんはおとうさんに殴られた。おとうさんに殴られたおにいちゃんは正を殴った。正は関係ないのに。

アニメの再放送を見てたけれど、もう全然頭に入らなくなった。足がそばに寄ってきた。

ひもを引っぱる音がして、電気がついた瞬間、わたしは久しぶりにおにいちゃんを見た。

「梅吉（うめきち）、元気？」

言葉が反射的にでた。梅吉は家で飼っている柴犬だ。今、うちは、おとうさんとおにいちゃんと梅吉だけが住んでいる。

おにいちゃんはテレビから目をそらさず、無表情で立っている。うなずいたのかもしれない。

「正は？」

「塾に行ったよ」

おかあさんのことも聞くんだろうか。わたしは何て答えればいい。正を殴ったのは一回だけだったけれど、おかあさんにはもっとひどかった。おにいちゃんは、おかあさんが気違いみたいになって私立の付属校へ入れようとしたことを恨んでいた。おかあさんの希望通りの高校に受かって、部活でしごかれて精神的に学校へ通えなくなっても、毎朝、おかあさんはおにいちゃんのお弁当を作りつづけた。

おにいちゃんは、ある晩、居間のこたつに座っていて、カッターナイフで布団を横一文字にすうっと切った。やめてっ、まさひろ。おかあさんが叫んだ。おにいちゃんは、唇をすこしあけて、全体にどろりとした感じで、おかあさんの声なんか全然聞こえないみたいで、もう一度すうっと布団を切った。

わたしはいつも家に帰るのがこわかった。

家の中では何でも起きる。

玄関をそうっとあけて、血がおちてないか点検する目になる。靴箱の上の金魚鉢にあぶらの膜がはり、金魚の生き残りの一匹が口をパクパクさせる。家の中はしんとしていた。あれから二年半、たつ。

「おにいちゃん、パーマかけた？　いつ、かけたの？」

「……」

「似合うね」

おにいちゃんは立ったまま、ちらっとわたしを見る。そして、出て行ってしまう。おにいちゃん、別におにいちゃんがわるいんじゃないよ。恨んでないから。わたし、あの家、いらない。ラジカセも書きかけのマンガも、私服のほとんども、置いたままだけど、もういらないからね。

山々は私を見さげ果てていた。すりばちの中途の、インモウのように薄い草がなびく地平に寝転んでいると、あれこれ悩んでいたことや不安や強迫観念や思惑が冷えていく。

目前の用事で、まずしい自分の姿を覆っていたのに、それがなくなってみると、まるですりばちの中途の、地上にへばりついている虫同様である。ふと見ると鳥の死骸がある。鳩、インコ、十姉妹もいる。どこで捕まえたのだろう、こうもりは羽のつけ根を裂かれていて、ねずみ、やもりは焼かれて黒焦げのまま放置されている。私は青いビニール袋に、それらを詰めていく。猫の子は一匹ずつ足が縄でくくられ、無残だ。黒く盛りあがった土。苔のはえた木の根もとに点々と散らばっている。

ビニール、ひと袋では足りないかもしれない。早く隠さなければ。茶色いかたまりがある。全身が凍りついてしまう。犬だ。後ろ足の一本の肉がこそぎ落とされ、顔だけは無傷で穏やかに目をつぶっている。梅吉、梅吉。つぶやきながら合掌する。

正に見られてはならない。袋に詰めたいが、梅吉の体を両腕でかかえあげたくても力が萎えてしまっている。悲しいけれど、とり乱すまいと自制している。

こどもと目が合う。こどもの目玉がぐるりとまわる。ついてくるか。いいもの見せてやるよ（うん）

地下の雑踏をあるくとしんとする。大量に寄せてくる。磁波があちこちに飛ぶ感じ。これで天井がおちてきたらどうなるんだろう。夏はむきだしの腕がベタッとつくときもある。

髪がにおって気持がわるい。エレベーターの中でこどもと目が合う。野球帽をかぶっている。肉がはみだしそう。目が浮いている。薄暗い部屋。あいつのエプロン。エプロンのひもがだらりと。電話機のひも、みんなが入ってくるから裏口へ回らなきゃ。

タコのめだま。

手の中で切り裂く。どろどろしたチョコレート、流れるまで（おにいちゃん）あの感じ、はやくなりたい。オレ自身がぴたっとはりついて（かわいそうだねえ）

腐る。これも腐る。

だから横、まいちもんじに切り裂く。

力が満ちてくる。タコのめだまみたく。

（ぼく、猫すきだよ。猫かってるの？　おにいちゃんの猫？　これ、みんな）

死ね！

死ね！

死ね！

力がぬける。ぬけていく力が、おい、待てよ、待てよぉ、おい。どこへいくんだよぉ、オレもつれてってくれよぉ。ベトベトなんだよなぁ、どこにいるんだかわからないんだよ、わかんないの。くさい？　くさいからいやかぁ、でもオレ行きたいんだよぉ。どうしていいかわかんない。しょうがないんだ。汚いの見たくないんだ。


黒く盛りあがった土。苔のはえた木の根もと。庭のくさむらが風でなびく。空き缶。濡れた雑巾、人形の首、生ゴミなどが点々と散らばっている。私は青いビニール袋に、詰めていく。ブロック塀をのりこえる侵入者も多い。家はとっくに閉鎖されている。右手を見ると血がこびりついている。おかしい。どこで切ったのだろうか。くさむらをぐるぐる回る。早く処分しなければ。引きちぎられた紙が散らばっている。こんなものまで、と思う。私の書きかけのマンガだ。細かくていちいち袋の中に放り込むのも手間だ。ぎょっとする。男の子。手足が縛られている。正だろうか。まさか。三歳くらいの幼児だ。顔は野球帽がかぶせられていて見えない。正だったら許せない。絶対に私は許さない。怒りがこみあげてくる。なぜ梅吉を殺ったのだ、あなたは。この子は何なんだ、帽子をとって顔を確かめる勇気がでない。帽子の回りをうじが這っている。

横を見ると、もう一人。うつぶせに倒れている男がいる。撫でつけたオールバックの髪の筋が分かれてウェーブをつくっている。幼児みたいな顔つきで、美容院の女の人に髪をいじくられ、それでも窮屈そうにおとなしく回転椅子に腰かけてパーマをかけた髪だ。今は草の上に投げだされ、孤絶の黒を保っている。

意識をまたぐ。と、正がいる。よかった、正はいた。塾のカバンが投げだされ、壁のほうを向いて横になっている。

「家に寄ってきた」

「家ん中、入ったの？」

「入らない、あそこ、うちじゃないよ。梅吉がいなかったんだ」

正は家をうかがうようにして庭へ回り、時々梅吉の頭を撫でてくる。

「梅吉、オレの犬なのに」

正は胎児のように手足をまるめ、じっと動かなかった。

地上がまんべんなく明るんで

夜がゆるみ
生きている者たちはみな
自分の音をたてて喧噪(けんそう)に加わろうとする
泥や草でさえも
東の空に
盲人の白い杖(つえ)のような月を残して
「なにごとか」をはじめる
誰に尋ねても当座の目的しかわからない
なのに
疑いもない動き

起きあがって着換える
色彩がまだ回復しないが
顔を洗い
鏡をのぞく
不随意筋が収縮するので
片まぶたが誰に向かってかひきつる
鳥がギィィと鳴く間に
トイレに入る
うれしくないかもしれないのに
うれしいとしか思えぬその一連の自然な動き
弾みのいいベッドとして機能する
あなたや猫
小動物の墓地でもある小さな庭
夜がゆるみ
生きている者たちはみな

自分の音をたてて喧噪に加わろうとする
泥や草でさえも

（意志は
つぎのサイコロの目を待って
眠りに就(つ)いたというのに）

頭の中は音でいっぱい

まず　楽器が
次に匙が逮捕された
ガラス器のなかで涼やかな音をたてた
との疑いがあるらしい
皿たちは　ざわめき　互いの上に重なり
（塔のように）
主軸に沿ってそれぞれが耐えた

教会の鐘　発車のベルでさえも
一斉に抗議し
マチじゅう　おそろしい耳鳴りがしたが

もともと伝令の役目にある者の
おざなりの抗議など
治安妨害とは無縁、とされた

「いっそ
くらげにでもなるか
あれは手の殻で
沖からおびただしく流れてきては
月の夜に浅瀬で揺れているだけ
潔白を証明することもいらないし
護送される前に
天日にさらされて水に戻ってしまう」
と、ある者は笑う
こうもりの影が
塔をすっぽり覆う頃

快楽の妄想に身震いする者もいる
贅(ぜい)をこらした舌に
欲望ごとくるまれたい

どこにも行けないなんて
と子供がいう
いや、
遠い国の
小石のようなものでさえ
悲鳴をあげているのだよ
右からは海が　左からは砂が
私を責めたてる、と
どこでも同じさ
それよりも　はやく喉に綿をつめなさい

柿の木と

きょう　柿の木は
枝と枝のあいだに
星がひとつ見えた
土の深い底のことを考えても
高所恐怖になりそうな神経が
口紅をつけて
立っていた

木の習慣には興味がなかった
ある
と言う人達のほうを盗み見る

擬体(ぎたい)が媚態(びたい)を呼び込む
柿の木にも
わたしの柿　などと言う
深呼吸しに夜の中に立つと
なにもかも
もう　あきあきする、と
すがすがしい、が
ほとんど同時だ

明日は水をかけてあげよう
わたしには関係のない水を
　もっと　しっかりと

帆

ひとり還(かえ)っていった夜だ
蒸発して
いなくなったとはいえ
服は残っている
においも
人よりも深く抱いてきたから
すこし重くなっている

別の場所　だが
同じ日同じ秒針の針がつげる
いっしょに

行っておいで（誰の声？）
亡くなった赤児(あかご)たちといっしょに
母と呼ばれた人の手もとから
元素に還っていった夜だ

帆をはる暇もない
肌の服のままで

III

『箱入豹（はこいりひょう）』2003

返歌　永訣（えいけつ）の朝

その朝
わたしは修羅に着いた
林の近くの家
ひと口みぞれを飲んだ
ゆきを頼んだ
これは覚えている

なぜ来たのか
したしい者に会いに

これも覚えている
朝がわたしを招き入れたのだ
朝のぬけがらはたくさんあって
思いを深く耕した跡
じらじらと乱(らん)を踏みつけるように
人々が
枕もとにいた

顔を両手で覆って
なげく
所作
透(す)んだ林の底から湧き起こってくる
白い鳥の声

睡(ねむ)りはいつしか

わたしに重みを垂れ
穂を垂れて実る一本の祝儀
睡りのなかで示唆をうけた
(しろい山々のしろい山
は
わたしの墓石
しろいだけの形)

みぞれによって土潤い
潤いすぎて
みだらになる
こころの容体がわるくなる
だから　けんじゃよ
嘆いてはいけない

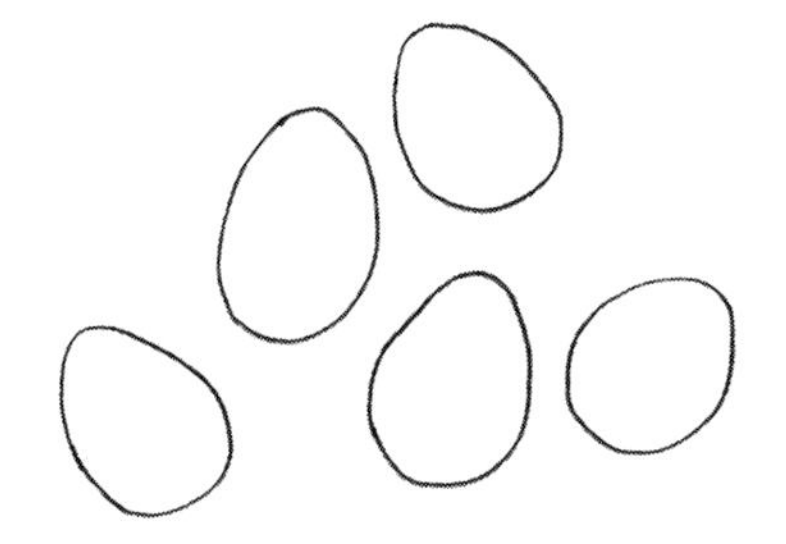

狒狒（ひひ）

あつい〈ひ〉が宙空にある
毎日の位置がほとんど変わらない
部屋は建てつけわるく
ひし形で
考えごとのように
ガラスが割れていた
骨折した後ろ足を伸ばしている犬
ボロ布の置き場が
いつも違う
わずかな領地内
腰から下は水を孕（はら）んで重い

さびた釘（くぎ）に
かかっているのは額（ひたい）だろうか
とりはずすことはできない
豆をもぎとる
ひと摑（つか）み　もぎとる量ほどの
日月（じつげつ）が
いちどきにすぎる
おそろしいほどの無頓着さでうまれ
上限を伸ばしつづける
水中の
ホシミドロ
ミカヅキモ
クンショウモ
ミドリムシ
緑に濁った小学校の池の端（はた）に

札(ふだ)がかかっている
覗(のぞ)きこむ子らの頬にも
空気穴が無数にあいている
呼吸していた跡だ
狒狒が横たわっている雲から
うっすら鬼のいる気配がして
額を中心に
なおも〈ひ〉に
なみなみとそそがれる

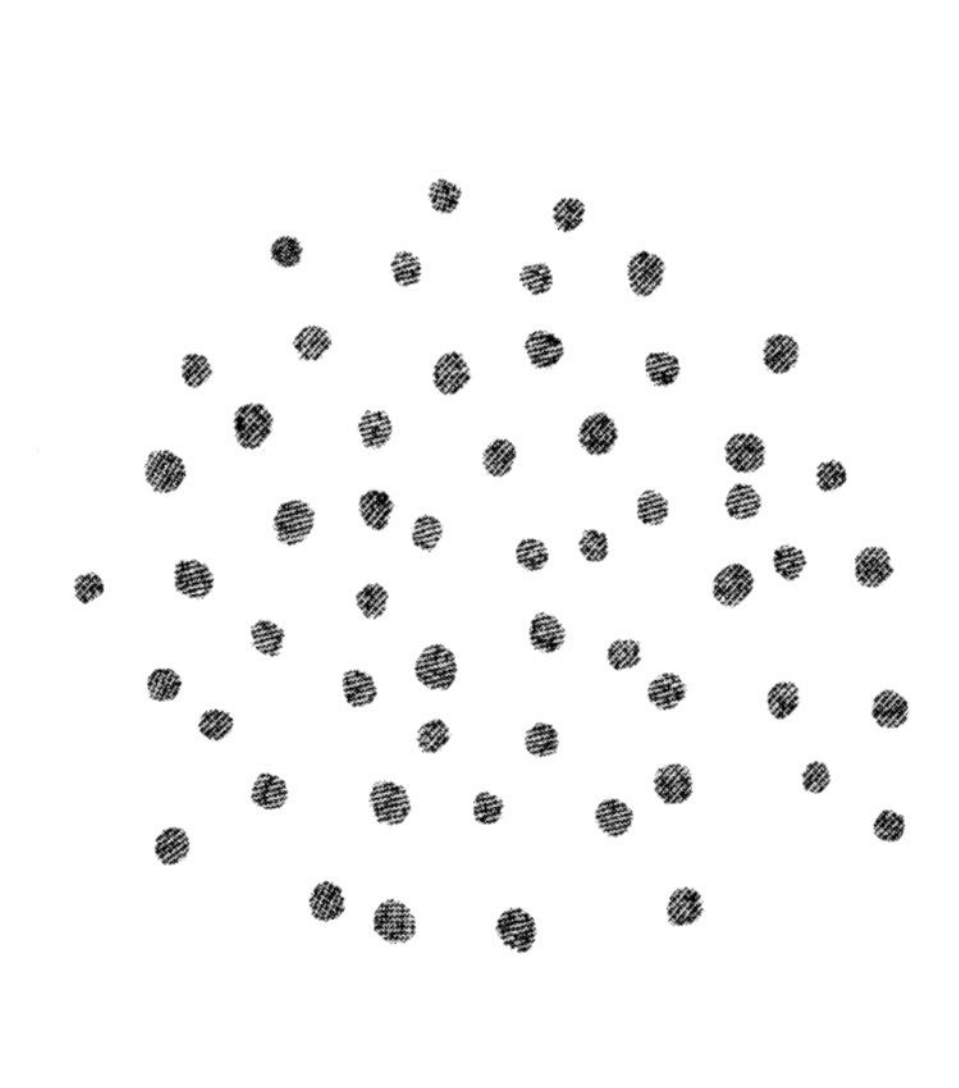

山犬記

わたしはすりですが、すりであることを恥じてはおりません。とったものは返しません。これ、基本です。

若い時分ですが、夕刊売りの娘からもすったことがありました。大正だったか、昭和になりかわっていたか、そのころ、夕刊は二枚で三銭でした。かわいそう、とも思いませんでした。根城にしていた官庁街に立っているんですから。わたしだって商売です。

ちょっとは気になりましたから、翌日も立っているのを見て、ほっとしました。でも、客引きのためにリンリンと鈴を振っているその足もとに、耳がしゅんと垂れたみすぼらしい犬がすわっていました。

フーンと思いました。防犯用なのでしょう。

わたしは小銭をだし、夕刊を買い求め、「君の犬なのかい」と声をかけました。

「いいえ、ついてきちゃうんです。食べものなんかあげられないのに」

犬はきょとんとわたしの顔を見あげていました。

「これで、なにか買っておやり」

わたしは昨夜の金を握らせると、急いで立ち去りました。そんな行為こそ恥ずかしく思ったのです。

それから数日、娘には会いませんでした。いや娘は街角に立っていたのかもしれません。わたしがよそで商売していたのです。気疲れするばかりで不健康な日が続いていました。

仕事が一段落したころ、むかしの仲間から連絡があり、夕方に会うことになりました。仲間ったってこれのほうじゃありません。彼は会社につとめていました。

ゴーリキーからチェーホフ、アルツィバーセフと夢中になって読み、顔を合わせれば発奮して論じ合わずにはいられなかったあのころは、みんな若かった。

三日と置かず会う機会をつくっていながら、夜更けの街を、別れがたくいつまでも歩き回ったものでした。

「今に見ろ、すばらしい仕事をするから」

空元気(から)のように言いながら、しかしいつとなく別れわかれになって、月と日は矢のように流れてしまいました。みんな妻を得て、父親にさえなっています。友人との待ち合わせ場所に向かっていたときにはわたしはすっかり自分の今の顔を忘れていました。ふと、キャン、キャンという犬のものがなしげな鳴き声が聞こえてきました。

例の娘が、あのみすぼらしい犬を打っているのです。犬は地にひれ伏すようにして、娘のなすがまま、動こうともしません。娘は、容赦なく手の平で打つと、わっと泣き叫びながら跪(ひざまず)き、犬を抱き寄せました。数人が黙って見物しています。わたしはいたたまれない気持になり、友人の待っている店へ走っていきました。

その夜は友人と、映画の「白痴」を観る予定でした。娘と犬の姿が目にちらつきながら、友人と映画館をでるころは、少女のことなどすっかり脳裏から去っていました。

「ね、あのころを思いだすだろ」

向かい合ってお茶を飲みながら友人に言われたとき、

「そう、まったくだね」

とわたしは深くうなずいて、しみじみと胸へ流れてくるものを感じました。瞬間あやうく涙がにじみだしさえしたのです。

「ぐずぐずしちゃいられない」

わたしは自分に返すように言いました。そのときです。友人はちらっとわたしの顔を見て、

「君のわるい噂(うわさ)を聞いたんだけど」

彼の肉厚な、大きな顔が、急にのしかかってくるようでした。

それからのことはよく覚えていません。わたしは彼と別れて、暗い郊外の道をさまよっていました。娘と、娘に打たれながらじっとしていた犬を思いました。あの犬だけが支えでした。

あれは
杉か

黒く盛りあがっている　あれは人か
小さなしみのような

あれは
眼か

死んだあとまで
さびしさがのこってしまっている

そんな杉が
眼が
大勢で

わたしの生きているひつぎを
とりかこむ

ただの譫妄（せんもう）
でしかない陽の光も
ここでは硬く凝結して
月
になる

決壊に至るまで　あと
わずか

霧が裾野から這（は）いあがってきて、やがてすっぽり体中を包み、わたしは両手を地べたにつきました。四つん這いのまま、わたしの代わりに雨が、俄（にわ）か雨（あめ）が林や畑や小道や踏み切りを走っていきました。

感覚の弁がひとつずつひらかれ、わたしはよろこびを感じました。
打たれた犬のように震えました。

白日

二つの島が抱き合うかたちに並んでいた。抱くほうの男島(おじま)は大きくて栄え、抱かれる女島(めじま)の人間を見くだしているようなところがあったが、女島でとれるさとうきびのほうが男島のそれより品種が良くて、男島の商人は女島に渡りをつけ、男島よりもっと大きい神島(かみしま)の製糖工場に運ぶのだった。

そして神島は、男島の人間を見くだしていた。


女島から転校してきたばかりの少年が、男島っ子にとりかこまれた。

「三遍まわってワンと言え。犬がするんじゃない。人がするんだ」

ワンと言ったばっかりに、少年は四つん這いにされ、顔を蹴りあげられた。

靴の先が左の目を直撃、失明した。左目だけで幸いだったと彼は思った。ものを見るのに両目はいらないさ。にしても、平静な気持でいられるのはどうしてかというと、ごくまれに、瞬間的にだが、見つめ合い手を握っているのと同じ、確かな心の波が女島から送られてくるのである。

彼はしばしば授業中に昏倒（こんとう）した。神島出身の教師は彼にやさしかった。わるい病気かもしれない、検査をしたほうがいいと何度も言われたが、彼は頑（かたく）なに拒否した。

左目がわるさをしているなら、仕方ありません、自分の運命ですからと、大人びた口調でくりかえすのだが、そのころから人ではないものが見えるようになったらしい。宙空を見あげて独語を言うようになった。

右目は向かい合った人、左目は亡霊。

同時に話しかけられでもすると頭がまっしろになる。まっしろがまたやってくる恐怖に胸がしめつけられる。彼は学校を休んだ。人を避け、自分に閉じこもった。

いやな雨の降りつづくある夜、少年はふとめざめると、小さな銀の点々が激しく上下しているのが見えた。闇の中の銀の点々は小さなくり舟であり、女島のくり舟が男島の遭難船をめざして暴風雨の中をすすんでいくのである。

海岸にはかがり火がたかれた。

くり舟が近寄っていくと、悲鳴や怒号が聞こえる。漁師たちは海に投げだされた者たちを引っぱりあげていく。

少年は皆とともにただひとつのことだけを念じた。

ふこうとふうんは　てをたずさえてされ
かがり火のもとの　てさぐりを
たがいのふるえるむねのうちに

亡霊たちは、つばが喉にからまった高い鳴き声で彼の家の周りを廻(めぐ)り、それから通りのほうへ消えていった。

翌朝のテレビのニュースや新聞で、遭難事故が奇跡的にも全員無事だったことを報じていたが、少年はめざましが鳴っても起きなかった。意識が浮上してくるまでの少しの間、色のない空に渡り鳥の群れが見えた。

生きものの森

I

モミやマツの木の暗い繁(しげ)みを歩いていた。

もうそれほど長くないみたい。こんな幕切れになるなんて滑稽よね。生涯を棒に振るというけれど棒に振るだけのなにかがあったかしら。

友は声をあげて笑った。

十二月(つき)の兄弟が、遠まわりに私たちの庭を囲っていたのかもしれないが、私たちは自由気ままにふるまっていた。冬だというのに忘れな草が咲いていた。夜だというのに薄日も射して。

忘れな草も私たちも、根のほうでなにかに暴力的に手折られた出自の痕もなく、まだのどかに咲いていられることが奇跡のように思えた。私が忘れな草に合掌するのを、友は黙って見ていた。

神さまはとうに死んだのに、ちっぽけな花でも自分を超えようとしてるんだわ、と友が言った。十一月の終わりに、四月の野草が咲いていることを指して言っているのだろうか。

私たちとはいっても、友のことが少しずつわからなくなっている。時々友が獣に見える。眼のなかに頑なな星を宿しているようだし、信仰のために置いた玉石も平気で足に引っかける。

友の体に透明な岩漿がふつふつと涌いて、でもどんな欲望がうごめいているのか自分でもわからないようなのだ。私よりずっと先のほうへ軽々と渡ってしまい、先端で準備している気配。待って、私はまだ秘密をわかちあった甘酸っぱい気分のなかにいる。あなたがいるから自分が蛙やゴカイであることから解放された気持がしたのに、と手をかけてもモロモロと友の形象がはがれて腐葉土に沈んでいく。

Ⅱ

ずいぶんと大きなというのが最初の印象である。

なんという種類の犬だろうか、四肢が長く、鼻面も長い。耳は垂れていて、性格は温厚そうである。

私が奥の部屋からでてきたので、驚いたのかふろばに逃げていった。長い間、犬には会わなかった気がする。たぶん、ふろばの小窓から侵入してきたのだ。そう慌ててでていくこともないのにと思いながらついていくと、バッシャーンという音がする。

浴槽に渡した板が、私の恐れていた通りにずれて水のなかに落ちたらしく、でも板だけだろうか、犬も一緒に冷水のなかに落ちたのか。

こわごわ覗いてみると、狭い湯船いっぱいに、白地に黒斑（くろぶち）の犬が体を沈めている。長い鼻面を水に差し入れ、両目をあげてこちらを見る。

少し心が動くが、そのままに、部屋に戻る。家中が夜気に満ち、外と区別がつかない。種類の違う幾組かの生きものが、末端はさまよっているにしろ、群れてじっとしている。

私の部屋にも、よろめきながら毛皮の下の四肢を引きずって歩いている者や、頭を胸のあたりに差し込むようにくっとまげて眠っている者がいる。人間であったなら耐えられない不潔さでも、部屋を共有できるのはどうしてか。

みんなでいると騒がしい心が、しずかになるのだ。なんのためにうまれてきたのか、こんなに蹌踉（そうろう）として、と思わぬこともないが、それは自分も同じだからなにも言えない。ふろばの犬は、それでも犬らしく颯爽（さっそう）としていたなあと思い返し、ふろばに行ってみると、水が半分以上も減っていて、姿が見えない。

はるの雪

空が割れて
雪が降ってくる
破天荒な空模様である
小さなこどもの手をとり
物語の奥へと誘う
〈ぼくはどこに行くの〉
答えられないひとつめの質問
わたしたちが虫ならば
天地はお前の庭まで
わたしたちが人ならば
天地は夕暮れの鉄橋まで

こどもは
ひとつ胴震いして
目を大きく見開く

〈ママはどこに行くの〉
答えられないふたつめの質問
時間の流れを
順を追って思いだし
思いだすことにぶらさがっている
他にはなにも考えたくない
物語のはずれの
青い影の角で待ちあわせても
だれもこなかった

血流

いつもより
少しだけ
考える時間がながいと
ボオオオ　ゴオオオオ
耳鳴りが大きくなる

頭頂部の
痛みの山小屋の
かま焚(た)く音か

一生に近道はないが

それほどに　短く
私たちは
棺桶（かんおけ）を用意しながら
あそんでいる

夕日も
満天星（どうだん）の葉群（はむら）も
流れる時間をいただいて　もう
まっ赤になった

死は物体になる誘惑
じぶんの奥に無限の道があり
はじめはこわごわと
最期は駆け足で
さかのぼる

母の顔も忘れ
一生を
ふいにする
よろこびに焼かれて

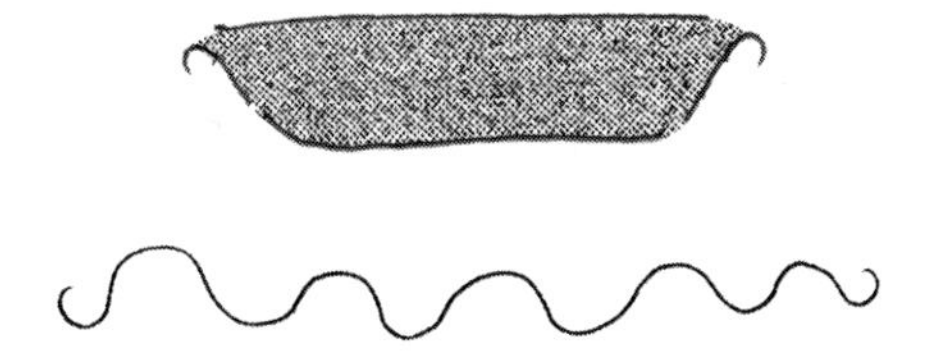

瞼（まぶた）

人に会うたびに
左のまぶたが痙攣（けいれん）しはじめる
トイレに立って
アッシジの石で冷やす
聖フランチェスコ教会の崖で
拾った石
主題というものはない
と　通訳兼ガイドは言った
バスの最後部で　からだを全部
ゆすりあげながら
白人夫婦が笑っていた

夜明け近く
乾いたまぶたの奥
私自身を追跡しつづける夢の傍ら(かたわ)で
猫は壺(つぼ)のように己を抱いて眠っている
ほんの数ミリほどの羽虫が
蛍光灯にぶつかってくる
枕もとに落ちて　顔を近づけてみると
死後にも魂がのこるなんて
嘘くさい気がする
きっと　自分も　どこからか湧いてきた
それだけのことなんだ

猫的人生

一年中　ばかになったドアが
あいている
舌でくみあげて
皿のミルクを少しずつおくりこむ
それから
ピーナッツの殻をはじいて
窓から捨て
窓へとつたう
蟻（あり）たちの夕方の集金を眺めた
誰も帰ってこないから
首と腕と足が伸びて

だらんと籐(とう)椅子にかかっている
この時間も
次の行為に飲みこまれる
ドアもなく
ばらばらに成人してしまうすっぱさ
呼びにきてよ
と日記を書く
うちの三角屋根を影にして
もうじきやってくると思う
猫は
猫的人生をまたぎこし
火にくべていぶす
ニンゲンの日記の
煙より高いところを渡ってくる

『嵐の前』2010

ふた葉

木の階段をのぼるとき
何人もの靴の先で削られた
へこみに誘われる
古い建物の
ガラス戸の向こう
卍(まんじ)のポーズで
ねじれたままの女のひとがいる
数日前　園芸センターで見た
レモンの鉢植

は　あんな細枝(ほそえだ)に
大ぶりの実ったレモンが
図体(ずうたい)を感じさせたが
からだの重い　ひとの
図体をきゅうくつそうにしているのは
なんだか可憐(かれん)だ

ヨガ教室の　ヨガするひとを通りすぎて
部屋に辿(たど)りつくまで
埋めた種に
ふた葉が生えてくる
私は質問したことはないが
疑問が歯のぎざぎざのように湧く
性愛に関した二、三のこと
滅びについても一点

初潮を迎えた十二の年から
月とは関わり深かったが
かぐやのように
じきに天にのぼり
十二以前の細い軀(からだ)になるのは楽しみだ

海浜通り

小雨の降る朝
大海原でなく
風呂で溺死することがある
それは小さな死だろうか
おとなしい人間にふさわしい

海に面した庭園の
天に向いて翔(かけ)あがらんばかりのペガサスの石像は
黒く錆(さ)びてこころを入(い)れないように閉ざす

きょう会っておかなければ　二度めはない

なのに藍色の海などわきめもふらない
波同士の白いあぶくの語らい
いつもそうだ
その場の私が
別の場の私と連結することを
延期している

背なかなら愛してやってもいい
というふうに椅子は並んでいる
人格などいらない

ビリヤードの緑のやわらかな盤面を
玉はいくども空(むな)しくめぐる
それは小さな生だろうか

現実は一着のお気に入りの服に如かない
じきに雨もあがるだろう
海は凶悪な黒い雲が切れて金色の光が洩れている

山の娘

彼女は海を見たことがない
白い頭巾をかぶり、白いエプロンが
ひろがったスカートを覆っている
たきぎにするための幹や枝が
骨が重なり合うように荷車に積まれている
白骨の間にすわっている彼女は
妖精のように小さく思える
華やかな海辺のまちで何が起きているのか知らず
真暗闇(まっくらやみ)の手のひらに撫でられ　朝になれば
山の端(は)から夜明けのシンフォニーが奏でられる
行末(ゆくすえ)を案じるただひとりの母親が死んだときも

傍らに寄り添うたった一匹の犬がいなくなったときも
彼女は泣かなかった
かなしみや喜びが　荷車の
積まれた木材のように切り倒されている

ひとけのない原
山裾の家々から暖炉の煙がたなびき
裸木の上を黒い鳥がつれだって飛ぶ
誰もいないというのに
見つめられている感じがぬぐえない
じきに彼女は老いた樵(きこり)にみとられ
病いに倒れる運命だが

呼びかけられでもしたように　ひたすら空を見あげる
非情な空の向こう

とどろきを秘めた静かな海があり
寄せては返す波の呼吸に合わせて
息をしている

明けの窓

迷妄のなかだ
交互に繰りだす足
の上に意識をのせて
ぐらついている
蛍光に照らしだされた
夜のまちを
両足にはさんで
何億年もの間
私は死にそこなった
いとしい（希薄な）
ものたちに軟禁されていた

それらを
はなしてやらなかった
それらのうちいくつかは
始祖鳥や羽根のはえた魚
になって
私から飛び立とうとしたので
明けの海に軟禁した
だが
窓が私の肩をつかみ
速度が押しよせてきてからは
　　　　　　　　　　私と
私でないものとの区別もなく
　　自由に出入りしている

　　　　髪にからみつく

綿菓子のような塔を
しゅるしゅるとまきあげれば
迷妄の
胸にこたえる甘さ

へそ

病気に愛撫(あいぶ)されて半日シーツの上で苦しむ
熱が肉を消費する
足が細くなりまるで　洗面所の
鏡の裏にでも出たように重力がない
回線の眠りは深く　時計が二十五時を告げる
夜明けに向かって
姉のような女の人と氷上を滑っていた
少年用のスケート靴をはいていた
朝　目をあけたら彼女は水に紛れていってしまったらしい
南側の窓をあけ
飛行機が滑っていく空のどの一点にもへそのような中心がなかった

時間にも中心がない「バクテリアが三十億年　四十億年かかってつくった空気
をあなたは今すっています」
「あなたは、毎日感じたり考えたり楽しんだり悲しんだりするそのあなたの主
人です」「他の人というのは結局意識の主人になれない」
「あなたはあなた一人で世界をつくっているのです」
ナゼ私トイウ中心ガアルノカ　ソレハ嘘デハナイノカ

不思議の国のアリスのように地下の部屋が伸びていて
穴におちたら
そこはふしぎでもなんでもなく
東京の地下街
首の上にのぼる血の　金属的な音を耳の底に聞きながら
膝を深く折り　貝のように体をまるめていた
太陽も取り引きにやってこない
精霊よ　この日をダンボールですごすことをお助けください

うららかな表通りでは　女の人が赤ちゃんを見かけ
「体のなかからお湯がでてくるみたいな気持になるわね」
夥しい数のへそが行き交っていた

『七月のひと房』2017

空の鏡

池の水に映った向こうの世界に
やがて行けるだろう
いってしまえばしずかなもの
わたしたちは虫だから
俯瞰(ふかん)することはできない
木立に囲まれた草地に
いくつかの墓石
去られ続けた時間の生真面目(きまじめ)な四角い顔

壮大な夕日が
巨人がゆっくり倒れていくように沈む
それから
巨人が目を開き
あたりが赤く染まる

一日の始まりになじみのクモと出会う
その胴体の黄の線
刻々と息の音が
いきものすべての腹からよじれでる
地上はこんなになまぐさいのに
うつくしく整えられた空の居間には
鍵がかかっているだけ
誰がいるのでもない不測の中心が

有形の地を輝かしくおおい
新しい生命を待ちぶせる

七月のひと房

月は空にのまれる前に
地球の円(まる)天井を白く梳(す)いた
無人となった地帯は南北にわたって長く

美容室の床に
誰かの髪の房が落ちている

麻の帽子の頭頂のへこみに　死の
影がたまっている

きれいに剃(そ)りあげられた少年の耳のうらにも

影はたまるがまだ充分ではなく

裏手の雑草の
メビウスの輪のような細長い葉うら
カーブする舗装路にも湧いて

いつも思うことだが
バスに揺られるいくつかの頭と
里芋の葉は　音符のようだ
根と切り離されて
リズムをとっている

椅子に座ったまま
うたた寝するひとの夢の風景にふくまれる
束の間（つかのま）の無音……この七月

呪いは解かれたのだろうか
ながい髪のなおも伸びるのを忘れて

未遂産

花は長い間忘れていたことをふと思いだして咲く
忘れてしまうと咲かないという
それが何であったか
花の色は告げているかもしれないが
解読できない
さまざまな色合いをただうつくしい調和と思うだけだ
無からやってきた億万の
偶発の色
たくらみの色か

レールのゆきどまりの淋(さび)しい駅舎から夜が始まる

オーロラをはいたいする黒の深み
　遠く　信号灯が発色している
新生児がもっとも好む色だ
寝ている間も絶えず流れる血の川のほとりで
あかんぼは何を思いだしたのだろう

クック

母のお出掛けの日
きょうだいの素足が
わたしの周囲を包むように動いている
濡れ縁にすわらされて
じぶんの靴を足にひっかけようとしても
届かない
クック、
とわたしはいう

「あとでね」
縁側を飛んでいくゴムまりのような

笑う足が遠ざかる
風が小さく　そこらじゅうで渦を巻いていた
わたしは空のハタめく鳥を見た
それからどれほどの時がたったろう

人々が蠕動しはじめる夕方
わたしは空から見つけた小さな庭の
投げだされた小さな靴の上に降りたった

昼ネズミ

母の腕のつけ根の
青いあざ
どこの島の形だろう
そこから　やってきて　すまして
お茶漬を食べている　女が
わたしだというのか
突然うまれた者の
突然に
すごい重圧がかかっている
貫禄（かんろく）のある猫が間仕切りを開けて入ってきて
抱きあげろと鳴く

ネズミとってやるからサ

昼日中から
長いシッポが台所を横切るのを
二度も見た
幸運のしるしだと思ったが
間違いだった
家屋を支配するカミ様が
生あたたかいネズミの息を好まれるのか
車椅子の母の　強(こわ)ばった背なかに向かって
ネズミよ　ネズミよ
大声でわめくわたしの
歯の隙間からも
長いしっぽが伸びる
あなたは生きものを愛(め)でる優しい娘だと思ったのに

母は生け捕ったわたしを
裏庭の防火用のみずぶねに浸けようと
やおら
立ちあがり
鉢巻をしている
やわらかい小島に
ふる雨のようにわたしの汗が流れる

匿名詩

男は毎朝ひげを剃る
髭・鬚・髯と三種類も
なんの必要があって
口のまわりに生えてくるんだろう
あごを撫でさすりながら
鏡をのぞく男
彼はひとつの口と
ひとつの性器をもっている
ひとりでぽつんとそこにいる

あんまり近寄りすぎないように

彼は父親だったり
強姦魔だったり
小犬だったり
単なる自分の影だったりするから
そばまでいって確かめようとすると
つるり、
逃げてしまう
鏡の表面を綿埃(わたぼこり)がおちる

男がいるので
私は女のような声でものを喋(しゃべ)る
余計なことだと思うが
やめることができない
出先で
男ばかりとたてつづけに会った夜は

窓を開け放つ
好きな男とざくろを割って食べ
なだめられて眠り
年少の一日に
少し近づく

わたしに祝福を

エイジフリー
介護チェーンの車がとまり
便器付きの椅子が踊りながら
こんにちは！
ドアをあけて入ってくる

わたしの優しい恋人

蠱惑（こわく）の白い肌にしり載せて
うなだれた性器のような顔でハイセツする

飛びだしてくる夜ごとの黒い毛布
なるべく毛足のながいものをお願い
幾度ももんどり打って
両足からめて眠るのだから

＊

天井にうすばかげろうが
と気づいて
目がひんやりする
涙は自分にごほうびをあげている状態
うっとり
たえまなしに流れ

多次元の宙でも人は人を呼ぶだろう

帽子をあみだにかぶり
息に声をのせる練習をしている
どれくらいの息の量がいちばんいい声か

わたしはあまりに悲観的すぎる
ひとは
時間のつなぎめの幌（ほろ）
透明な箱だと思えばいい
すべり入るような移動中
紫露草の花冠（かかん）にスズメ蜂が一匹
日課のように渡ってくるが
あの針ほどの空間に　圧縮されて
原宇宙は入っている

からだ

乗り物がやってきて
私たちはつれていかれる
という話を今までたびたび読んだ
時間や死の隠喩を

生命はみな生きものの器を借り
食いつなぐため
あれこれ算段する
生命の顕現はいたるところに

水滴は落下しかなくて

思いをこめて落ちるなんてこともない
涙が鼻筋をつたってあご先からしたたり落ちる
水滴よ
わたしは物体なのか？
ときどき体内から時間がそとにでたがって
喉奥の繊毛（せんもう）を逆撫（さかな）で　セキが止（や）まない
くるしいが
体はまったく容赦しない

水のなかの小さな生物

頭をつきだして
駅付近の騒音を
鈍くあてかえす

確かめるようにはもう歩けないので
時折へちまのように揺れる
途中の花屋では
匂いのうすい束を求める
色は鮮やかなほどよい

病室を訪(と)う前に
隠れるように狭いところに入る

誰も来ない店で
店主は昼の番組を見あげている
パイプを銜(くわ)えている

呼吸に煙をいれるという
寂しい方便
ここは夢のなかより少し明るく
店の熱帯魚を目で追っているつもりが
水槽に映った自分の顔を
ぼんやり見ている

生まれおちてすぐ
裸の腕で抱きしめられた記憶は
私の脳のどのあたりに沈んでしまったのか
映る顔を

すみずみまで自分だと
まごうことなく　此処(ここ)にいると
思えたことがない
私のまわりも
明るい灯(ひ)に
色をあぶりだされているというのに

彼女はベッドのなか
体の運河である血管の
港のひとつに点滴の針をさされ
水門で
こまかな夢の泡を吐いていた
雲が垂れさがり
舌に錫(すず)をくるんでいる
鈍い天空が一日を支配していた

蛇の島

季節の変わりめ
両目の奥の小人が
外に出たがって額(ひたい)を叩(たた)く

狭い外階段をのぼったとっつきに
大型のトランクが（届いた）
日々を詰めて
目の渕(ふち)に優しいひかりを宿した山羊(やぎ)に会いにいく
牧羊犬のうろつく
山のふもと
かまぼこ型の屋根の　白い聖堂が見える

あでやかな青い空に
ばらけた光の束

薬草を売る店の
赤と黒の格子縞の床
蛇が出窓から飛びこんでくる

はやばやと店のカーテンを閉めて
恋人を迎え
食後の抱擁を待つ娘の
仄暗い渦に巻かれる歓び

市場のにぎわい
夕方の海岸セン
遠目からは

何もかもがさらっとその位置にあって
川があつまり海に注ぐように
死者たちの霊をのせ
　朗らかに
午後　船が出航する

意地悪な春

遠い島影があおくかすみ
海鳥が灰色の羽をたたんで
透明な入り江に浮かぶ
束の間の午睡
水平線が子どものかいた絵のように一本空色だ
こんなところにいられない、と娘は
きりきりと出ていった
それを　ぼんやり見ているのは
木立に囲まれた丘の上の
くずれかけた墓石
走り続けた時間の　四角い顔

世界には最初に傷があり
大きく　醜い傷口からいちように
吐きだされる歓びがあった

ビルの脇の非常階段を　今のいま
彼女が靴音高くのぼっていく
天国の底までつきそうな勢いだが
鉄の扉は　あかない
はるか下方　都会のビルに囲まれた草地に
光の棒がさしこみ
美しい青年が立っているのにも気づかずに

稚魚の孵(かえ)った水槽のようなにおい
のする春先の雨あがり
あたらしい死者が「よい人生を」という

エッセイ

零度で沸騰している

小池昌代

宇宙には、ブラックホールという大変重い質量を持った天体があるそうです。時空にあいた闇の穴。そこへいったん吸い込まれると、光ですら脱出できないとか。吸い込まれてみたいような誘惑にかられますが、同時にあの穴を思うと、今ここにいる自分が、にわかに不思議なものとして感じられる。

井坂洋子の詩を読む経験は、さながらあの穴へ吸い込まれるようなことではないでしょうか。そこでは時間のゆがみ・ひずみが生じていて、いつもの日常空間が歪曲(わいきょく)している。中心には磁力をもった核があり、それを〝自己〟と置き換えていいかはわかりませんが、この核がなければ、言葉はばらばらになってしまう。核は、井坂さんの書くもの全体に凄(すご)みのある重力を及ぼし、言葉が決して舞い上がらぬよう、一種の制御装置としても働いています。

天鵞絨のような深々とした声で、柔らかな物言いをする詩人です。何かについて語るとき、その声の先端は、針の鋭さをもって、ものの内面に深く入っていきます。そのように垂直にものを考える人ですから、人の行かない深みにまで降りていく。以前、茨木のり子を巡って対談をした折、その場で発言されたことに、随分あとになってようやく、（わたしの）理解が追いついたということがありました。それは茨木のり子の筆名を巡って、茨木童子という鬼の力を詩人の背後に示唆する発見でしたが、さりげない言い方や書き方をしていても、表現には意味を越えた奥行きがあるので、その分が遅れて、じわじわと効いてくる。そうした資質はこの詩人の詩に、独特の〝厚み〟をもたらしているようです。薄曇りの空のような、ぼんやりとした分厚いかたまり。それが詩の進行とともに、目が寄るように白熱してくる。とはいえ言葉自体は一向に熱くならない。感情のトーンの高さも同じ。エリック・サティの音楽に似て、作品全体に、重い生の屋根瓦がのっかっているような圧があるのです。ところが目を凝らすと、殺気・妖気・狂気を帯びた言葉の粒子が（色付きで）、オパールのごとく点滅しているのが見えてくる。地味に見えて実に豪奢な詩です。

　エッセイ集『黒猫のひたい』の冒頭の一文によれば、「この道はあの世に通じてはいないのだろうかと思いながら、夕暮れの道を自転車で家まで走らせることがよくある」

そうです。詩のなかでも、生と死とが、踏切を渡りあうように、いきなり連結する。詩「血流」（『箱入豹』所収）には、「私たちは／棺桶（かんおけ）を用意しながら／あそんでいる」という行がありましたし、「声」（『愛の発生』所収）という詩では、「インコの声が肩のあたりで／まだいきているの／と鳴く」のです。この声は、初めて聴いてから、もう何十年とたっていますが、いまだにぞくっとします。インコに耳元でくどかれているようで、非情な声ですが身体（からだ）が潤ってきます。

次に掲げるのは、「時の怪（かい）」という詩。

あれから
一気に年をとってしまいました
という人の顔をまえにして
なぐさめに
私も
というように笑い皺（じわ）をつくって
目の前の男たちは
再会を喜びあっている

五十代か六十代か
に見えるが
話がとぎれると
プイと横を向き
鼻先を店内の音楽がしたたり落ちる
私はときどき
道端で
五、六歳の男たちが　しかつめらしい
角ばった顔をつきだして
幼児らしく
ふらふらと並んで歩いているのを見て
滑稽に思うことがある

（『バイオリン族』所収）

変な詩でしょう。あれからといきなり始まりますが、最後に会ったときから、というほどの意味でしょうか。男性はまるで昨日別れたかのように、「一気に年をとって」などと言っています。日常では常套句（じょうとうく）ですが、この詩に書かれてみると驚きます。時間に魔法をかけ、一瞬で縮めたような言い方です。詩の後半には幼児が出てきました。男たちも昔は幼児だったし、幼児たちもきっとあっという間に五十代、六十代になるでしょう。これらすべて、時の怪ですが、この詩の面白さは、過去・現在・未来の時系列を破壊し、過激に一気に透明に、初老期と幼年期の時間を重ね合わせているところにあるのではないでしょうか。五、六歳の彼らを、「男たち」とか「幼児らしく」と書いている箇所から、それがわかります。幼児に幼児らしくとは普通書きません。この詩人特有のユーモアでもありますが、魅力的な悪意を感じるところです。量子力学に「重ね合わせ」という理論があると知ったとき、思わずこの詩を思い出しました。

井坂さんの詩では、所々にこうした時間を操作する蝶番（ちょうつがい）が仕掛けられていて、生死は反転し、時間感覚の遅速も起こる。難解と感じる詩も多いでしょう。そういうとき、わたしは意識して〝遅く〟読んでみるのです。ゆっくり何度も読むというやり方以上に、質的な遅さを意識し、引力をイメージしながら、下方へずーんと読み進む。二倍速、三倍速の逆。極端なスロー再生を、自分の内声で試みるのです。すると詩の内から染み出してくるものがある。謎は残り続けますが、読んでいる自分を取り囲む時間が、質的な変化を遂げているのに気づきます。

この一編と言われたら、わたしは『箱入豹』から、「山犬記」をあげます。成熟した散文で書かれていますが、途中、行わけになる。その出だしが、「あれは／杉か」。行にして二行、文字数、五文字。どこかの国の皇帝が言ったとしても、おかしくないような台詞（せりふ）です。幾度も読んでいる詩ですが、毎回、この「あれは」の前で、来るぞと身構える。実際、来るのです。底の方から、どどどどっと引く力が。血圧急降下。言葉がいきなり服を脱ぎ捨てたと感じる箇所です。不埒（ふらち）ですね。不良性といってもいい。井坂洋子は、実は危ない詩人なのです。

（こいけ・まさよ／詩人・作家）

井坂洋子　略年譜

一九四九（昭和二十四）年
十二月十六日、東京都豊島区生まれ。父末雄は英語と哲学の教師。母潤子は歌人。母方の祖父は作家の山手樹一郎。母方の祖父母の家が歩いて数分のところにあり、第二のわが家のように行き来していた。母の学生時代の友人の詩人牟礼慶子さんが誕生の祝いにいらした。私が生まれて初めて会った詩人となる。

一九五三（昭和二十八）年●四歳
弟雄介が生まれる。

一九五六（昭和三十一）年●七歳
千早小学校に入学。五、六年生の時、担任の小久保文江先生に時々詩を提出していた。

一九五九（昭和三十四）年●十歳
妹珠子が生まれる。

一九六二（昭和三十七）年●十三歳
桜蔭学園桜蔭中学校に入学。六年間、本郷に通う。中学二年ごろから帰りに池袋の芳林堂書店に寄って詩集を漁り始める。

一九六五（昭和四十）年●十六歳
桜蔭高等学校入学。クラブは文芸部。部誌「崖（ほき）」に詩や散文を発表。文化祭でオスカー・ワイルドを取り上げる。一度文芸部の友人と新宿にガリ版刷りの詩誌を売りに行った。鮎川信夫『現代詩作法』、安西均編著の詩のアンソロジー『戦後の詩』、富岡多恵子や牟礼慶子の詩作品などに影響を受け、詩作に熱中。地方の詩誌に投稿。

一九六八（昭和四十三）年●十九歳

上智大学文学部入学。

一九七二（昭和四十七）年●二十三歳

自由学園女子部の普通科・高等科に国語の教師として勤める（一九八五年まで）。

一九七三（昭和四十八）年●二十四歳

大学の演劇研究会で知り合った一年先輩の井坂悟と結婚。彼は卒業後、編集者となる。新居は練馬の石神井。

一九七五（昭和五十）年●二十六歳

豊島区の実家近くに引っ越す。長女千尋を出産。七年後、実家に建て増しして住む。

一九七七（昭和五十二）年●二十八歳

樫村高主宰の同人誌「who's（ふーず）」の会に誘われ同人となる。

一九七八（昭和五十三）年●二十九歳

投稿していた「詩学」に新人として推薦される。紫陽社の荒川洋治さんより突然電話が入る。「80年代詩叢書」の企画の一冊としての第一詩集刊行の依頼。

一九七九（昭和五十四）年●三十歳

七月、詩集『朝礼』紫陽社刊。

一九八一（昭和五十六）年●三十二歳

九月、詩集『男の黒い服』紫陽社刊。

一九八二（昭和五十七）年●三十三歳

十一月、思潮社の「叢書・女性詩の現在」のシリーズの一冊として詩集『GIGI ジジ』刊。H氏賞受賞。

一九八三（昭和五十八）年●三十四歳

一月、エッセイ集『話は逆』気争社刊。「現代詩ラ・メール」でエッセイ連載。

一九八四（昭和五十九）年●三十五歳

正月、家族でニューカレドニアに行く。初めての海外旅行。三月、アンソロジー詩集『眠る青空』沖積舎刊。五月、詩集『愛の発生』思潮社刊。同月、雑誌「朝日ジャーナル」に「少女マンガ」について書く。その取材をきっかけに、やまだ紫さんと親しくなる。

一九八五（昭和六十）年●三十六歳

十二月、エッセイ集『ことばはホウキ星』（装画／挿絵・福井真一）主婦の友社刊。本書は一九九〇年四月、筑摩書房の文庫に。

一九八七（昭和六十二）年●三十八歳

五月、詩集『バイオリン族』（装画・木村繁之）思潮社刊。やまだ紫との共作も一篇収録。

九月、エッセイ集『夜の展覧会』思潮社刊。

一九八八（昭和六十三）年●三十九歳

六月、『現代詩文庫　井坂洋子詩集』思潮刊。

一九八九（平成元）年●四十歳

八月、バリ旅行。

一九九〇（平成二）年●四十一歳

四月、詩集『マーマレード・デイズ』思潮社刊。

一九九一（平成三）年●四十二歳

四月、詩集『地に堕ちれば済む』思潮社刊。

六月、政変前のソ連・ハンガリー旅行。

一九九二（平成四）年●四十三歳
「現代詩手帖」で翌年にかけて詩を連載。
一九九三（平成五）年●四十四歳
同人誌「小酒館」の同人となる（同人は清水哲男、辻征夫、阿部岩夫、加藤温子）。
一九九四（平成六）年●四十五歳
九月、詩集『地上がまんべんなく明るんで』（カバー写真・森山大道）思潮社刊。高見順賞受賞。「婦人公論」の詩の投稿欄の選と選評の連載始まる。以降、二十年以上続く。
一九九五（平成七）年●四十六歳
一月、エッセイ集『〈詩〉の誘惑』（挿絵・やまだ紫）丸善ブックス刊。
一九九七（平成九）年●四十八歳
九月、物語『月のさかな』（挿絵・田中文子）河出書房新社刊。四月、東京新聞の「詩の月評」の連載始まる。以降、十一年続く。
二〇〇〇（平成十二）年●五十一歳
十一月、『永瀬清子』五柳書院刊。
二〇〇二（平成十四）年●五十三歳
学生時代の友人、森育子さん亡くなる。
二〇〇三（平成十五）年●五十四歳
四月、沖縄旅行。その後、何回か沖縄に旅する。七月、詩集『箱入豹』（カバー写真・森山大道）思潮社刊。藤村記念歴程賞受賞。
二〇〇四（平成十六）年●五十五歳
中原中也賞の選考委員に。以降、十九年間関わる。
二〇〇五（平成十七）年●五十六歳
父、亡くなる。小学館ＰＲ誌「本の窓」にエッセイ連載。

二〇〇七（平成十九）年●五十八歳

同人誌「一個」を栗売社より創刊（同人は佐々木安美、高橋千尋）。

二〇〇八（平成二十）年●五十九歳

「現代詩手帖」で翌年にかけて詩を連載。ミニコミ誌「子どもプラスmini」で詩の連載始まる。以降、三年続く。絵は高橋千尋さん。九月、『現代詩文庫 続井坂洋子詩集』思潮社刊。

二〇一〇（平成二十二）年●六十一歳

十月、詩集『嵐の前』（装画・森育子）思潮社刊。鮎川信夫賞受賞。

二〇一一（平成二十三）年●六十二歳

孫の凜生まれる。

二〇一二（平成二十四）年●六十三歳

筑摩書房PR誌「ちくま」に詩の入門連載始まる。

二〇一三（平成二十五）年●六十四歳

八月、評論集『詩の目 詩の耳』五柳書院刊。

二〇一四（平成二十六）年●六十五歳

二月、エッセイ集『黒猫のひたい』（装画／挿絵・高橋千尋）幻戯書房刊。

二〇一五（平成二十七）年●六十六歳

一月、詩の入門書『詩はあなたの隣にいる』（装画・福田利之）筑摩書房刊。

二〇一七（平成二十九）年●六十八歳

一月、詩集『七月のひと房』（装画・高橋千尋）栗売社分室刊。現代詩花椿賞受賞。

二〇一九（平成三十一）年●七十歳
「明日の友」にエッセイの連載始まる。母、自宅介護の後、亡くなる。
二〇二一（令和三）年●七十二歳
二月、評伝『犀星の女ひと』五柳書院刊。
二〇二三（令和五）年●七十四歳
前川佐美雄賞・ながらみ書房出版賞選者。セゾンカード誌「SAISON　express」の書評欄連載。
二〇二四（令和六）年●七十五歳
「ユリイカ」の投稿詩の選者（二度目）。

（二〇二四年二月二十五日　著者自筆）

本書は、『朝礼』（紫陽社）『男の黒い服』（紫陽社）『GIGI ジジ』（思潮社）『眠る青空』（沖積舎）『愛の発生』（思潮社）『バイオリン族』（思潮社）『マーマレード・デイズ』（思潮社）『地に堕ちれば済む』（思潮社）『地上がまんべんなく明るんで』（思潮社）『箱入豹』（思潮社）『嵐の前』（思潮社）『七月のひと房』（栗売社分室）を底本とした選詩集です。新編集にあたり、振り仮名を含め表記に訂正を加えた箇所があります。

井坂洋子詩集（いさかようこししゅう）

著者　井坂洋子（いさかようこ）

2024年3月18日第一刷発行

発行者　角川春樹

発行所　株式会社角川春樹事務所
〒102-0074 東京都千代田区九段南2-1-30 イタリア文化会館

電話　03(3263)5247(編集)
03(3263)5881(営業)

印刷・製本　中央精版印刷株式会社

フォーマット・デザイン　芦澤泰偉
表紙イラストレーション　門坂 流

ISBN978-4-7584-4625-9 C0192 ©2024 Isaka Yoko Printed in Japan
http://www.kadokawaharuki.co.jp/[営業]
fanmail@kadokawaharuki.co.jp[編集]　ご意見・ご感想をお寄せください。

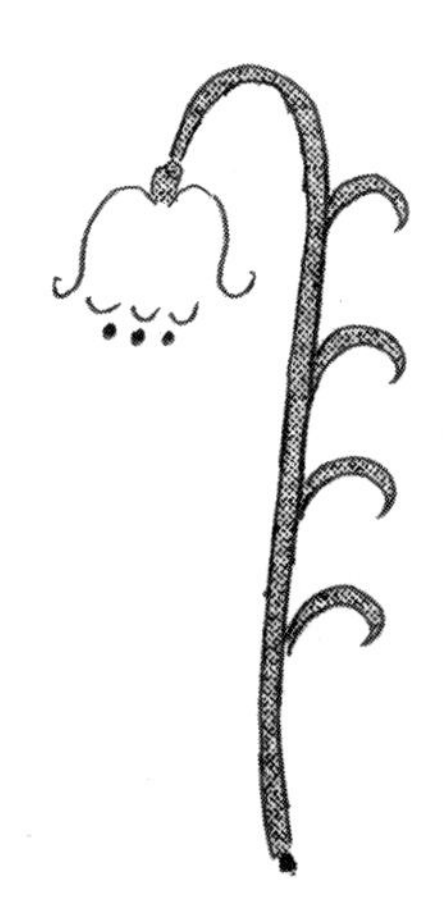